Underdanig Slave og andre historier

Erika Sanders

Serie
Dominans og erotisk underkastelse

Synopsis

Denne boken består av følgende historier:

Underdanig Slave er en historie med sterkt erotisk BDSM-innhold og som på sin side også tilhører samlingen Erotic Domination, en serie romaner med høyt romantisk og erotisk BDSM-innhold.

(Alle karakterer er 18 år eller eldre)

Forfatterens notat:

Erika Sanders er en kjent internasjonal forfatter, oversatt til mer enn tjue språk, som signerer sine mest erotiske skrifter, langt fra sin vanlige prosa, med pikenavnet sitt.

Indeks:

UNDERDANIG SLAVE OG ANDRE HISTORIER
ERIKA SANDERS

UNDERDANIG SLAVE

Slaven Susan våknet med en deilig trang til å amme Mesteren sin, men ble forferdet da han oppdaget at han allerede var borte.

På puten ved siden av henne lå i stedet en lapp, en enkelt orkide og et gavekort til favorittspadagen hennes.

Hun gjespet og strakte seg, og leste så ivrig lappen.

"Jeg vil at du skal bruke dagen på å forberede meg. Du må ikke onanere i dag, da jeg skal gi deg alt du trenger senere. Vi skal være på veldedighetsballet i kveld, og etterpå vil jeg bruke deg på alle måter, til Jeg er mett." ".

Susan visste at mesterbrevet hennes sa mye mer enn det sto, fordi hun kjente hjertet hans.

I tre korte setninger informerte han henne om at denne dagen og denne natten ville være til glede for henne og hans, at det ikke var noen del av henne som han ikke ville presse til grensene hennes, og at hun skulle gjøre hva som helst for å få ham til var så hyggelig for ham som mulig.

Susan elsket å glede sin mester, og han gjorde alltid alt mellom dem perfekt.

Susan reiste seg ut av sengen og vred håret til en hårspenne mens hun gikk til badet.

Kjolen, strømpene og skoene som mester Robert hadde plukket ut som hun skulle ha på, hang i en krokstolpe som var bundet til baksiden av døren.

Det var ikke noe undertøy.

Susan smilte, vasket deretter ansiktet, pusset tennene, og før hun kom tilbake til rommet, åpnet hun den nederste skuffen på kommoden, tok ut kinaballene og tok av seg stringtrusen hun hadde sovet i.

Mesteren hadde sagt at det ikke var noen del av henne som han ikke ville bruke.

Sakte satte han de kinesiske ballene på plass, og umiddelbart så han allerede for seg Mesterens fantastiske kuk...

Han tok på seg jeanshortsen og den gule button-down-skjorten som mester Robert hadde på seg kvelden før.

Hun likte å bruke klærne hans.

Hun kunne lukte det på seg selv på den måten.

Han tok på seg sandalene, hentet gavekortet og satte raskt i gang.

* * *

Susan kom for å oppdage at mester Robert hadde organisert alt med instruksjonene hennes, som han vanligvis gjorde.

Kvinnene i rommet sa ikke noe til ham, men fortsatte rett og slett med det de holdt på med.

Hun følte seg ikke ukomfortabel med det verden oppfattet som et underdanig forhold, fordi verden ikke visste noe om kjærligheten hun delte med sin mester Robert.

"Ja, vi er mester og slave," tenkte hun mens manikyristen jobbet på føttene hennes, "men vi er også mann og kone, Robert og Susan, sjelevenner!" Det gjorde ikke noe om resten av verden ikke forsto det.

Rett og slett fordi de ikke hadde noen anelse om den sanne kjærligheten mellom dem.

Med fullført manikyr og pedikyr ble hun ført til lavendel- og vaniljebadet.

Dette var favorittdelen hans og mester Robert visste det.

Det var veldig vanskelig for henne å ikke glede seg når hun ble stående alene på det duftende badet, men hun visste at Mesteren hennes ville ha mye av henne i kveld, så hun hvilte uten å få orgasme på badet.

Til slutt, hennes tur, vasket de det og stablet det forførende oppå hodet hennes, og festet det med hårspennen han hadde kjøpt til henne på deres første date.

Hun smilte fornøyd og tenkte på gleden det ville gi ham å fjerne stiften fra håret og se den falle over skuldrene hennes.

Dette ville vært en kveld å huske.

Hjemme igjen sminket hun seg.

Så var det de høye silkestrømpene og tre-tommers sorte hæler han hadde kjøpt til henne i Italia.

Han stoppet der for å se seg selv i speilet.

Noe manglet.

Det var en kort tanke hun raskt fikk ut av hodet.

Hvis han hadde ønsket mer, ville han ha forutsett det.

Hun fjernet de kinesiske ballene som hadde holdt henne på randen av orgasme hele dagen, og la deretter den delikate kjolen over hodet og lot den gli nedover kroppen hennes.

Hun var fornøyd med måten hun så i speilet på, og Robert ville også være det.

Et snev av favorittparfymen hennes og hun var klar.

Hun tok orkideen som hadde flytet i en skål med vann den morgenen og stakk den inn i hårknuten i nakken.

Da hun hørte bilen hans kjøre inn i oppkjørselen, stivnet brystvortene og fitten hennes begynte å banke.

Vanligvis ville hun ha ventet på ham ved døren på knærne med nakken bøyd, slik at kroppen var helt til disposisjon.

Hun var veldig engstelig.

Hun skyndte seg til bunnen av trappen for å vente på ham.

Da han kom inn, hadde hun allerede rødmet av begeistring, og hun kunne føle at utseendet hennes gledet ham der han sto og så på henne.

"Du ser deilig ut, slave Susan."

"Takk, mester Robert, jeg er veldig glad for at du er fornøyd."

"Det ser ut til at du har glemt noe."

"Har jeg glemt noe?"

Robert tok håndleddet hennes og førte henne opp trappene.

På puten der lappen og blomsten hadde vært, lå chokeren hennes.

Hun var overrasket over at hun ikke hadde lagt merke til det før og oppdaget umiddelbart feilen hennes.

Mester Robert hadde lagt ut den håndlagde chokeren for henne sammen med det tilsvarende slipset til ham.

Chokeren hennes inneholdt et halvt krystallhjerte som passet perfekt til den andre halvdelen hun hadde på seg.

Han hadde gitt den til henne på bryllupsdagen deres.

Hvordan hadde han klart å ikke legge merke til det?

Brystvortene hennes begynte å strekke seg og skjeden banket da hun innså hvor alvorlig feilen hennes var.

Robert løsnet beltet.

"Jeg elsker deg, Susan, men jeg kan ikke tillate slik uforsiktighet i din forberedelse til Meg."

"Ja, min søte eier."

"Bøy deg og ta tak i anklene."

Hun trengte ikke å få beskjed om å spre bena, siden hun hadde blitt straffet på denne måten før.

Mester Robert likte å se på fitta hennes når han slo henne.

Han tok tak i den silkeaktige kjolen og gled den sakte nedover bena til midjen hennes, og på grunn av posisjonen hennes fortsatte den å gli nedover og rundt puppene hennes og dekket litt over hodet og ansiktet hennes.

For et fantastisk syn hun viste ham, kledd så elegant, men så råt posert.

Han kunne se hvor begeistret hun var ved måten fittens fuktighet glitret i lyset.

Han fjernet beltet han holdt i hånden og tenkte bedre på det.

Det ville bli en lang natt.

Han snudde seg og gikk bort til hennes side av sengen og rakte inn i nattbordsskuffen hennes og trakk frem en lærpisk som han ofte hadde brukt på henne.

Den hadde et langt håndtak, og fra enden hang det ni tynne strimler av mykt, smidig skinn.

Den ble godt brukt og satt pris på.

Han kom sakte tilbake til henne, nøt det vakre bildet hun hadde skapt og observerte endringene som kom over henne.

Hun pustet tungt og hadde vanskelig for å sitte stille.

"Ahhh, slaven min Susan, jeg skal kose meg i kveld!"

Og med det koblet han tre raske piskeslag mot rumpa hennes som fikk henne til å skrike av smerte og glede.

Han gikk tilbake og så på hvor raskt de røde stripene begynte å vises på baken hennes.

"Shit!" Han tenkte for seg selv! "Hvordan skal jeg holde meg inne i kveld?"

Og med den tanken kom løsningen umiddelbart.

Han ville ha det akkurat nå før kveldsøkten, bare én gang for å bli kvitt trangen.

Han åpnet buksene grovt, tok ut den allerede stive kuken og dyttet den dypt inn i fitta hennes, ikke for nytelsens skyld, men for å smøre henne.

Det han ønsket seg mest i det øyeblikket var rødt, stramt, skinnende og klart for ham.

Han trakk hanen tilbake fra slaven Susans dryppende fitte til hennes forferdelse og dyttet den dypt inn i rumpa hennes som ventet.

Ropet om "JA!" fra leppene hennes tente ilden hans og han slo vanvittig til de løftede hoftene hennes.

Holdt henne godt, stoppet han ikke før han var klar til å eksplodere.

Hun hørte sin egen anstrengte pust og stønn mens en mengde silkeaktig sperm kom og gikk over den røde rumpa hennes.

Da han kom tilbake til seg selv, skjønte han at han gned sin varme sperm inn i slaven Susans ømme, ønskede rumpe mens hun takket ham om og om igjen.

«Jeg skal ha på meg den svarte smokingen min i kveld, Susan,» og med det gikk han i dusjen mens slaven Susan tok på seg chokeren og gikk til skapet for å hente smokingen hennes.

Hun var veldig grundig, og dobbeltsjekket at alt han trengte ventet på ham da hun kom ut av dusjen.

Hun plasserte hver gjenstand på sengen mens hun tenkte på måten han nettopp hadde brukt henne på, den fantastiske måten ballene hans slo mot kliten hennes mens han herjet i rumpa hennes.

Hun var så fortapt i tankene at hun ikke hørte ham bak seg før han kysset henne mykt på halsen.

"Jeg ønsker ikke å straffe deg, Susan, men åh! Så utsøkt du ser ut når jeg gjør det."

"Takk, mester Robert."

* * *

I bilen skled mester Robert kappen nedover bena hennes og spredte lårene hennes.

Han berørte henne fortsatt dryppende fitte, men forbød henne å cum.

Slaven Susan vred seg i setet og var glad for å se hallen på så kort tid, siden hun var sikker på at hun ikke kunne ha holdt ut mye lenger.

Han stakk fingrene inn i munnen hennes for at hun skulle rense dem med tungen og leppene, mens han knappet opp de tre bittesmå knappene på toppen av BH-en hennes med den andre hånden.

«La det være slik», sa han til henne, og så kysset han henne ømt på leppene, før han ba henne vente på at han skulle åpne døren.

Inne i hallen ble hun ofte tvunget til å forlate siden hans, men han var alltid innen synsvidde for henne.

Slaven Susan pratet høflig med de andre ledsagerne, men som vanlig dro hun til de roligere stedene og ble alene.

Mester Robert hadde stor etterspørsel etter oppmerksomhet og hun beundret måten han håndterte seg selv i disse situasjonene, så galant, så kjekk.

Da hun ble bedt om å danse, så hun til ham for veiledning.

Det var forstått mellom dem at det var tider da høflig aksept var nødvendig, men hun ventet alltid på hans samtykke før hun godtok og kunne nesten alltid stole på at han stoppet det hun gjorde.

I kveld ventet han imidlertid på sin mester Robert, og avviste tilbudene selv da han godkjente.

Etter det tredje avslaget satte han kursen mot henne over rommet.

"Går det bra min kjære?"

"Ja."

"Hvorfor danser du ikke?"

"Fordi jeg bare vil danse med deg i kveld."

"Så, Susan, vil du få ønsket ditt."

Han la hånden sin rundt livet hennes og la henne forsiktig på ryggen for å lede henne til dansegulvet.

Han holdt henne tett og danset med henne.

Han så på henne som om hun var den eneste kvinnen i verden, plaget huden hennes med øynene og lokket henne til randen av lykke med hvisking om hvordan han ville bruke henne senere.

"Ta meg hjem?" Hun hvisket til ham.

Han tok henne i hånden og førte henne gjennom folkemengden.

I bilen kysset de lidenskapelig og slaven Susan hvisket hennes hjertes lyst til ham.

"Jeg trenger min mester Robert."

Robert svarte med å kneppe opp buksene og la henne amme ham på vei hjem.

* * *

I oppkjørselen, etter å ha slått av bilen, lot han henne stå der og nyte den sultne måten hun slukte hanen hans.

Det fikk henne til å stoppe akkurat lenge nok til å skyve kjolen over hodet og kaste den i baksetet.

Deretter flyttet han setet tilbake og fjernet stiften fra håret hennes, og lot det falle over skuldrene hennes.

Han elsket det svarte håret hennes, måten det falt over ansiktet og skuldrene hennes og måten det fylte nevene hans når han tok det.

Robert så på henne lenge, og undret seg over måten hun tilba hanen hans, og sugde den som om det var hennes egen næring.

Da hennes ønske om å sperme var større enn hans tilbakeholdenhet, begravde han hendene i håret hennes og tvang hanen hans dypt inn i halsen hennes.

Han beveget seg inn og ut av munnen og halsen hennes med et dypt behov som truet med å sluke henne.

Slaven Susan skalv i hendene hans, og han innså at hans egen løslatelse ville utløse hennes.

Et siste støt dypt inn i halsen hans og han eksploderte i ekstase.

Hver sprute med varm melk ristet kroppen hennes med en krampe lik hans egen.

De var herre og slaver og likevel var de ett.

En kropp ...

En vakker spasme med melk...

En kjærlighet!

* * *

Slave Susan åpnet øynene da mester Robert åpnet døren.

Han rakte ut hånden og hjalp henne ut av bilen.

Hun sto foran ham i måneskinnet, den lårhøye kjolen hennes og silkeskoene og chokeren inneholdt et halvt krystallhjerte.

Lyset fra månen og stjernene danset på huden hennes og han pustet dypt ved synet av henne.

"Kom min kjære, natten vår har akkurat begynt."

Han førte henne inn og inn på soverommet, hvor han åpnet balkongdørene for å slippe inn havbrisen.

Han tok chokeren hennes og erstattet den med halskjedet hennes, og ledet henne deretter til sengen hvor han bandasjerte henne.

"Legg deg ned. Jeg vil føle kroppen din underkaste seg Meg," hvisket han.

Hun gjorde som han ba om og ventet på neste bestilling.

Da ingen kom, prøvde hun å roe pusten, prøvde å høre ham i rommet.

Hvor kunne han være?

Hva gjør du?

Tankene hans raste og forutså planene hans for henne.

Hun ventet noe som virket som en evighet, og trodde hun kunne høre ham puste, men var aldri helt sikker.

Da han endelig trodde at en smekk for ulydighet var bedre enn å vente et sekund til, strakte han seg etter bind for øynene, men i stedet for å la henne få problemer, sa han til henne: "Berør deg selv for meg."

Tre ord, tre bittesmå ord, tente en ild i henne som hun aldri hadde følt før .

Umiddelbart var hendene hans på kroppen hennes, en på brystet og en mellom bena hennes.

I løpet av sekunder vred hun seg i orgasme, bena spredte, knærne strakte, fingrene knullet fitta hennes rasende for å komme, ryggen bøyde seg til ingenting annet enn rumpa og bakhodet hennes rørte sengen.

"Ja! Robert! Å, min mester Robert! Ja! Ja! Ja!"

Hun var ikke helt nede etter å ha hørt det igjen:

"Igjen. Gjør det igjen."

Hun rullet seg ned på magen og la knærne under kroppen og dyttet rumpa i luften for at han skulle se det.

Hun begravde fingrene inni fitta så dypt hun kunne og onanerte igjen for mesterens underholdning.

Da den kom, varte den mye lenger enn den første.

Han nådde hennes magiske sted igjen og igjen til han til slutt, løpende og løpende opp på innsiden av lårene hennes, begynte å be henne om nåde.

Hun snudde seg på ryggen og ropte:

"Robert! Å, Robert! Vær så snill! Vær så snill! Vær så snill å knulle meg nå!"

Han viste ingen nåde da han tok tak i henne og rullet henne grovt ned på magen hennes.

Hun kjente igjen pisken hans i det øyeblikket den fikk kontakt med huden hennes.

"Takk, mester! Takk for din generøsitet. Takk for at du lar meg komme. Takk for at du elsker meg nok til å straffe meg når jeg ikke viser deg ordentlig respekt."

Hvert slag mottok takknemligheten hun burde ha uttrykt da han lot henne komme.

Han klarte ikke holde tilbake lenger!

Han steg opp på henne som hun var, med ansiktet ned og våt av nød.

Han gled inn i henne så lett at hun trodde han ville ødelegge henne.

Han tok to hender fulle av håret hennes og pumpet henne febrilsk.

Hun takket ham fortsatt da hun kjente medlemmen hans dypt inni seg.

Han kastet henne og vred henne inni seg, og hun vred seg under ham og ventet på at han skulle gi henne det hun trengte.

Han knullet henne gjennom orgasmen hennes, sakte aldri farten eller stoppet før han til slutt kummet også, dypt inn i magen hennes.

Hun lå under ham, melket hanen hans med fitta og hvisket igjen og igjen: "Takk, takk, min søte eier," mens hennes mester Robert mumlet henrivende lovprisninger i øret hennes.

Den konstante tuggingen av fitta hennes på pikken hans holdt ham oppreist og snart beveget hennes egne hofter seg igjen.

Han elsket måten hennes ønsker og behov matchet hans egne.

Han ga seg selv til Ham så fullstendig at det aldri var en tid da noen av dem ble tilfredsstilt før den andres behov var blitt dekket.

Til å begynne med kjente kroppen hennes noen ganger smerte fra hans lange, tykke kuk og hans sterke krav før hun var helt fornøyd, men nå passet kroppen hennes, magen hennes, sjelen hennes mot ham som hånd i hanske og smerten av hennes kjærlighet var bare tilsynelatende den neste dagen.

Hun var hans på alle måter og hun var like glad for det som han.

Robert ble fascinert av hvor raskt han var klar for henne igjen.

Han gled hendene opp på armene hennes og tok tak i håndleddene hennes.

Hun holdt dem sammen over hodet mens han strakte seg inn i nattbordskuffen og hentet opp mansjettene.

Etter å ha sluttet seg til håndleddene hennes, trakk han hanen ut av den sultne fitten hennes for å gå til skapet etter et tau.

Han bandt tauet til håndleddene for å bruke det som bånd.

Fortsatt med bind for øynene pustet hun tungt og han visste at hun var trengende.

Han strakte seg inn i skuffen igjen og dro frem en munnring.

"Åpne munnen, slave Susan."

Hun gjorde det Han ba uten spørsmål, fordi de begge visste betydningen av forholdet deres.

Han plasserte O-ringen i munnen hennes og festet den godt rundt hodet hennes.

Så tok han tak i henne fra sengen og la henne på knærne.

Det som skulle følge var ikke straff, men nytelsen og slaven Susan hadde raskt lært at det var en forskjell.

Holdt henne i håret, dyttet Mester Robert hanen gjennom kneblet og inn i slaven Susans hals.

Han holdt den der til hun begynte å kneble og dro den så ut.

Han dyttet igjen og holdt henne, men i løpet av sekunder ble hun kneblet igjen.

Han tok den ut og ventet.

Da pusten hennes stabiliserte seg, dyttet han henne igjen.

Denne gangen klarte hun å holde den uten å kneble.

Han pumpet henne ikke, han rørte seg ikke engang, men han lot hanen stå i halsen hennes til hun begynte å vri seg.

Da hennes squirring ble til å slite, trakk han ut hanen og strøk henne over håret.

"Det er jenta mi!" sa han stolt. "Det er den søte jenta mi."

Disse ømme ordene fikk slaven Susans brystvorter til å trekke tett og fitten hennes ble fuktig av nød.

Mester Robert trente sin odalisque til å ta hele kuken uten å kneble.

Det var et spørsmål om tålmodighet og øvelse, men hun ble bedre og bedre.

Det var tider da hun aldri ble kvalt, og når det skjedde, belønnet han henne godt.

Mester Robert flyttet blytauet til kragen hennes og fikk henne til å gå tilbake til sengen.

"Vil du ha meg slave Susan?"

Ja, svaret hans var med et nikk.

"Trenger du meg slave Susan?"

Ja igjen.

"La oss se om det er tilfelle?"

Robert bandt tauet til sengegavlen og gjorde den andre enden til en løkke som han gled over hodet hennes og rundt halsen hennes.

Så satte han i gang oppgaven med å måle slaven Susans behov.

Mellom bena hennes gled han inn i posisjon for å ta hennes bankende klitoris inn i munnen hans.

Han sugde henne forsiktig, på samme måte som hun suger ham når hun suger ham.

Slave Susans hofter begynte å rulle og presse.

Ute av stand til å snakke med munnringen, bare gispet og stønnet.

Da hun var veldig nær ved å komme i gang, trakk han seg tilbake, tvang henne til å gli mot ham og strammet følgelig nakken hennes på tauet.

Mester Robert fikk henne til å føle seg utsøkt.

Han slikket henne sakte fra bunnen til kliten hennes og tegnet deretter late sirkler rundt kliten hennes med tungen.

Det han gjorde mot henne var irriterende og likevel så fantastisk, helt til han trakk seg tilbake igjen.

Slave Susan skled ned for å få trykket hun trengte fra tungen på klitoris.

Å hvis bare hun kunne komme akkurat nå!

Nå som tauet var stramt og det ikke var noe slakk igjen, reiste mester Robert seg og begravde sin harde kuk i slaven Susans dryppende fitte.

Han dyttet bena hennes bakover og knullet henne dypt, hamret mot stedet som ga ham så mye glede, bet puppene som tilhørte ham og sugde brystvortene hennes hardere og hardere, men da hun begynte å banke og stønne under ham, kom han tilbake ... å trekke seg tilbake og gi ham bare glanshodet og ingenting annet.

"NEI!" hun trodde.

Blindbindet, munnringen, hun kunne ikke se eller snakke for å be ham om nåde eller fortelle ham om hennes behov, så hun gravde hælene ned i sengen og tvang seg lenger ned i sengen mot hanen hans som hun elsket så høyt.

Hun fikk ikke puste nå og spenningen i tauet hadde hodet på skrå opp og til siden, men hun måtte.

Hun måtte føle ham dypt inni seg.

Det var så nært!

Hun kunne ikke stoppe nå.

Mester Robert smilte henrykt.

Hun ville ha det hun så desperat trengte, ellers ville hun dø, og det var ham.

Hun elsket ham mer enn luften hun pustet inn, og det var nok for ham.

Så la han seg helt oppå henne, og begynte å stikke dypt og hardt inn i henne, suge på skuldrene hennes og bet henne i kjeven.

Da han kjente at bena hennes viklet seg rundt ham og kroppen begynte å riste, tok han tak i tauet og dro dem begge opp på sengen, og lot luften gå tilbake til den åpne munnen hans.

Å se henne gispe og gråte og kjenne fitta hennes klemme seg sammen og trekke seg sammen på kuken hans var mer enn han kunne tåle.

Han spratt opp og tok hanen i hånden.

Han pumpet det rasende til han endelig kom, og skjøt støt etter sperm gjennom ringen og inn i slaven Susans munn.

"Å ja!" Hun tenkte første gang hun smakte på ham med tungen: "JA! Kroppen hennes, som ennå ikke hadde kommet seg helt tilbake fra sin Mester, ble nå fylt av nytelse igjen.

Igjen og igjen, som bølger på kysten, kom den for Ham.

Han var hennes sjelevenn på alle måter, og sammen nådde de høyder av ren ekstase.

Mester Robert fjernet bind for øynene og fortsatte å pumpe sin harde, oppreiste kuk.

Mens Jennifers øyne tilpasset seg lyset, kunne hun se Mesteren hennes fylte munnen hennes med hans sperm.

Deretter fjernet han kneblet og lot henne nyte gaven hans mens han fortsatte å frigjøre hendene hennes og fjerne strømpene, skoene og til slutt kragen hennes.

Mester Robert tok henne i armene og klemte henne hardt.

Han hvisket navnet hennes og fortalte henne at hun var hans og at han elsket henne uten å holde noe tilbake.

Hun sto skjelvende i armene hans og han trakk henne enda nærmere, og forsikret henne om at hun var verdsatt og beskyttet.

Da den trette kroppen hans sluttet å riste, sovnet han fredelig inn i sin Mesters søte omfavnelse.

* * *

Hun våknet da Han tok henne opp og bar henne til badekaret.

Han gikk inn med henne og vugget henne i armene mens de sank ned i det varme, dampende vannet.

Det var fantastisk og hun smilte da hun husket hvor mye de hadde hatt glede av det håndlagde badekaret så lenge.

Mester Robert badet henne så skånsomt som om hun var en nyfødt baby.

Han vasket håret hennes og ga spesiell oppmerksomhet til den følsomme fitta og rumpa hennes.

Han gned henne i nakken og skuldrene med de såpefylte hendene, førte dem nedover ryggen hennes og til baken hennes som han eltet som deig.

Slavebadet var et ritual hun insisterte på, noe som gjorde det så mye mer meningsfullt for henne.

Det var vakkert og hun var så glad at hun ikke klarte å holde tårene tilbake mens Han ikke kunne se forskjell på tårer og vanndråper.

Da han tørket henne og gred håret hennes, tok han av sengetrekket og de krøp mellom de kalde lakenene uten å si et ord.

Det var ingenting å si at likene ikke allerede hadde sagt til hverandre.

Som hennes nattlige rutine, leste Robert for henne mens hun sporet kroppen hans med fingertuppene.

Og med tillatelse allerede gitt, ammet hun ham til han drev inn i en verden av drømmer som gikk i oppfyllelse.

LØNNSØKNING

27

Anita banket på døren som om hun ikke ville bryte den.

Dette ga ikke mening, siden hun var den eneste personen igjen i smultringbutikken.

Hun og personen på andre siden av døren, altså.

«Kom inn», lød stemmen til den personen.

Anita åpnet døren og gikk inn og lukket den bak seg.

Klikket på låsen da han trykket på den med dørhåndtaket virket øredøvende på det stille kontoret.

Erik Galvez så opp fra papirene på skrivebordet.

Han så på Anita, en pen brunette meksikansk ansatt iført butikkens skoleuniform, en hvit button-down skjorte og et kort rutete skjørt, med en pose smultringer.

Hun hadde en feilfri kropp og tykt, lagdelt brunette hår som ikke nådde skuldrene.

"Hei, Anita," sa Eric.

Butikksjefen, gift med to barn og i førtiårene, la fra seg pennen og smilte.

"Hei. Jeg beklager hvis jeg avbrøt noe," sa hun sjenert.

"Selvfølgelig ikke," forsikret Eric ham. "Sett deg".

Lederens lille kontor besto av en sofa, to stoler, et skrivebord og arkivskap.

Eric så Anita gå mot ham, skjørtet hennes svingte frem og tilbake.

Hun satte seg i stolen foran skrivebordet til Eric, krysset de lange bena og lot skjørtet nå lårene.

Han la posen på gulvet ved siden av henne.

"Hva er galt?" spurte lederen.

Anita nølte, trakk pusten dypt og førte sakte fingrene på den ene hånden over overbenet hennes, fra undersiden av skjørtet til kneet.

"Jeg vurderer å flytte ut av det leide rommet og inn i en leilighet," sa han.

Hun var junior ved et lokalt universitet, og jobbet med forskjellige jobber på steder der timene ikke forstyrret timene hennes.

«Kult,» sa Eric entusiastisk, og stoppet så. "Og du trenger mer penger? En høyning?"

Anita så engstelig på ham, før et mer alvorlig blikk dukket opp i ansiktet hennes.

«Jeg kan ikke tro hvor mye de ber om leie. Og forskuddsbetalingen er...» begynte han å si.

"Jeg vet," avbrøt Eric.

Han så på henne et øyeblikk.

Hun hadde jobbet for ham i nesten ett år, og bedt om lønn en annen gang.

I så fall hadde hun brukt kroppen sin til å «påvirke» avgjørelsen hans.

Faktisk hadde han ønsket en ny forespørsel fra henne siden den gang.

Eric så på posen med smultringer ved siden av ham.

"Tar du med deg noen smultringer hjem?" spurte han.

Anitas øyne falt til posen og tilbake til sjefen hennes.

"Nei. Det er til deg... for oss," svarte hun.

Eric trengte ikke flere forklaringer.

Han hadde også tatt med sekk sist.

Og denne gangen visste han hva han skulle gjøre.

Han reiste seg og gikk rundt skrivebordet og beveget seg bak Anitas stol.

Hun så på den atletiske kroppen hans til han forsvant bak henne.

En skjelving rant nedover ryggraden hans i forventning.

"Så, du tok med meg en smultring," sa Eric lavt. "Og du vil gjerne dele."

Anita nikket stille.

Eric så på den unge kvinnen, skjorten hennes oppknappet øverst og de solbrune bena hennes strakk seg under det utsvingte skjørtet.

Hendene hans tok nervøst tak i endene av armene på stolen.

Eric la hånden på jentas hår og la fingrene langs halsen hennes.

Hun kjente den varme huden under kragen på skjorten hans, og flyttet deretter hånden til forsiden av nakken hans før hun nærmet seg den øverste knappen.

I en smidig bevegelse løsnet han knappen; etterfulgt av den neste.

Toppen av brystene kom til syne, innkapslet i en tynn blå BH.

Fingrene hans gled over den myke huden på venstre bryst, og gikk så tilbake til neste knapp.

Med begge hendene sirklet han halsen hennes og åpnet hver knapp til han nådde toppen av skjørtet hennes.

Eric dro skjorten ut av skjørtet og åpnet den siste knappen.

Anitas skjorte åpnet seg akkurat nok til at Eric kunne se det meste av hvert bryst ovenfra.

Han så dem stige og falle mens hun gispet etter luft.

En sentral krok mellom brystene hennes holdt bh-en sammen.

Dette var ingen tilfeldighet, tenkte Eric for seg selv.

Han strakte seg ned og løsnet BH-en, og lot de to halvdelene hvile fritt på endene av brystene hennes.

Anita fortsatte å sitte urørlig og så på Erics hender eller rett frem.

Hun visste at ting var i ferd med å endre seg raskt.

Eric la hendene på toppen av brystene hennes og lot dem falle til fingrene hans fjernet BH-en hennes.

Han holdt de nakne brune brystene hennes i hendene og holdt dem forsiktig et øyeblikk.

Til slutt la hun brystvortene til Anita mellom tomlene og pekefingrene og klemte dem ømt.

Den unge kvinnen sukket hørbart.

Eric kjente kuken hans stivne innenfor rammen av buksene hans mens han manipulerte brystvortene.

De stivnet under berøringen hennes og Anita kjente en spent pine reise gjennom magen til fitta hennes.

Eric tok hendene rundt brystene hennes, men klarte knapt å fylle dem i grepet hans.

Han tok dem opp og så dem legge seg ned i håndflatene hans.

Han gikk rundt stolen og stilte seg mellom skrivebordet og Anita og så kort på henne.

«Rejs deg og ta av deg skjorta,» sa han med rolig stemme.

Anita krysset bena og stilte seg noen centimeter fra sjefen.

Han løftet skjorten over skuldrene og lot den falle ned på stolen.

Uten å stoppe gjorde hun det samme med BH-en.

Eric la hendene på utsiden av Anitas lår og løftet hendene til de forsvant under det lille skjørtet hennes.

Anita kjente hender heve seg over utsiden av trusa og over rumpa.

Så flyttet Eric hendene til midjen hennes og tok tak i trussremmen.

Sakte senket han dem, knelte mens de gikk over knærne hans og føttene hans.

Han la den svarte trusen på stolen og tok av henne skoene.

Etter å ha reist seg, så hun på skjørtet sitt og sa:

"Ta det av."

Anita åpnet glidelåsen på skjørtet og lot det falle på gulvet, gikk ut og sparket det til siden.

Eric beundret hennes lille midje, fulle hofter og lår,

lange ben og små føtter.

Øynene hans vendte tilbake til fitta hennes og den lille, tynne tråden med mørkt hår over klitorisen hennes.

Anita følte seg usedvanlig sexy i det øyeblikket, fuktigheten mellom bena hennes økte med sekundet.

Hun ville ha mannen foran seg naken, og hun visste at det var uunngåelig.

"Ta av meg klærne," sa han til henne.

Han måtte bevisst bremse bevegelsene for ikke å avsløre ønsket.

Anita dro imidlertid snart Erics skjorte over hodet, og avslørte en velbygd, om ikke altfor muskuløs overkropp.

Hun så ned og løsnet beltet, Erics øyne vekslet mellom brystene og hendene.

Hun kneppet opp buksene hans og dro dem ned til de falt av seg selv over leggene hans.

Anita knelte ned og tok av seg skoene og sokkene før hun tok av seg buksene og slengte dem til siden.

Han så frem på den voksende bulen i bokserne, så tok han tak i linningen og dro dem ned.

Erics enorme kuk var bare halvoppreist, men Anita kjente en bølge av spenning strømme over henne da hun fjernet bokserne hans.

Hun reiste seg og møtte sjefen sin.

Til Anitas lettelse tok han det første grepet ved å klemme henne og dra henne mot seg.

Han kysset henne lidenskapelig, presset hanen mot kroppen hennes og flyttet hendene til rumpa hennes.

Eric klemte de myke kinnene hennes mens tungene deres møttes mellom leppene deres.

Anita kjente fitta hennes malte mot kroppen hennes, usikker på om hun var mer bestemt på å tilfredsstille seg selv eller Eric.

Kysset deres fortsatte mens hun la en hånd rundt kuken hans og kjente at den banket.

Hanen begynte å peke oppover, og jenta pumpet hånden gjentatte ganger opp og ned i elementet.

Da kysset tok slutt, så Eric på Anita og sa:

" Min kone gjør ikke det mot meg. Du gjør det fantastisk."

"Takk, jeg er glad du liker det," smilte han.

"Jeg er sulten," sa Eric.

"Jeg også".

De beveget seg mot sofaen.

Eric grep posen med smultringer på veien.

Hun fant tid til å se Anitas lille, runde bunn sprette med skrittene hennes før hun la seg på sofaen med hodet på en liten pute i den ene enden.

Eric strakte seg inn i posen og trakk frem en smultring og en liten plastkniv.

«Ah, fylt med vaniljekrem. "Mine favoritter," sa han. "Vil du dele?"

«Jeg vil gjerne», svarte Anita.

Eric knelte ned og plasserte den sjokoladedekkede smultringen på jentas flate mage, og kuttet den forsiktig i to med kniven.

Det rant en skjelving gjennom kroppen til Anita da kniven så vidt beit huden hennes.

Eric så henne krympe mens knivbladet dukket opp igjen fra innsiden av den tykke smultringen, og la deretter kniven og halvparten av smultringen oppå posen på gulvet.

Han løftet smultringen fra magen hennes og snudde det kremfylte midten mot henne.

Metodisk senket han den til brystvorten på høyre bryst var rett under kremen.

Med et langt, mykt strøk førte han et lag med vaniljekrem over enden av brystet hennes.

Anita lukket øynene mens den kalde polstringen dekket brystvorten og huden rundt, og sendte bølger gjennom kroppen mot magen og fitta.

Eric flyttet smultringen litt til siden og gjentok prosessen, og la til et ekstra krembånd ved siden av den første.

Til slutt snudde hun smultringen og gned sjokoladetrekket over tuppen av den stive brystvorten.

Eric la smultringen i posen og så på Anita.

Hun så nøye på, forutså hans neste trekk og ba ham stille om å sluke henne.

Eric flyttet hodet på brystet hennes og strøk tungen over brystvorten hennes og smakte på den søte sjokoladen.

Anita stønnet nesten høyt, men holdt tilbake og så på at sjefens tunge forlenget banen til å omfatte en tomme over og under brystvorten hennes.

Han svelget en gang før han vendte tilbake til brystet, denne gangen åpnet han munnen og tok inn så mye av jentas runde, fulle bryst som mulig.

Tungen hans skrapte over brystvorten flere ganger før leppene lukket seg rundt det rosa kjøttet og sugde på det.

Denne gangen klarte ikke Anita å holde seg.

«Å, gud,» hvisket han.

Eric løftet hodet og slikket kremen fra leppene.

Da munnen hans igjen landet på Anitas bryst, presset hånden brystet opp og han slikket sultent resten av vaniljekremen fra huden hennes.

Det kom alltid tilbake til brystvorten.

Anita bøyde ryggen og presset brystet høyere.

Hun kjente fuktigheten mellom bena hennes øke for hver gang tungen hans gikk over brystvorten hennes, og hun var sikker på at han kunne få henne til å komme hvis han holdt henne slik.

Hun strakte seg etter smultringen igjen, denne gangen spredte hun det hvite fyllet og sjokoladen mer over venstre bryst.

Kremen dekket nesten to tredjedeler av brystet, og etterlot Eric med en nesten hul halv smultring i hånden.

Etter å ha lagt smultringen tilbake i posen, lente han seg over Anitas kropp og fortsatte med å eksponere brystet hennes omhyggelig en slikk om gangen.

Jenta flyttet hånden til toppen av hodet til Eric og presset den hardere mot brystet hans.

I mellomtiden beveget hånden hans seg fra hoften hennes til mellom bena hennes, mens han et øyeblikk kjærtegnet kliten begravd under en lokk med pent beskåret mørkebrunt hår.

"Å, Jesus," sa han lavt. "Det føles så bra."

Med bare en liten mengde vaniljekrem på brystet, klatret Eric opp på sofaen og plasserte bena mellom hans.

Hanen hans var helt oppreist nå, og pekte oppover i en skarp vinkel.

Han lente seg fremover og plasserte kuken sin på hennes kremdekkede bryst, beveget den frem og tilbake til han hadde et lite lag av det hvite fyllet.

Anita brukte hånden for å lede hanen til områdene med mest krem.

Snart var det hvitt fra det rosa hodet til basen.

Anita så da Eric gled frem og førte kuken til leppene hennes.

Ivrig åpnet han munnen og tok imot gaven.

Den sukkerholdige smaken av kremen fikk henne nesten til å glemme kjærligheten hun følte for smaken av en varm, hard kuk.

Tungen hans virket på alle sider av medlemmet mens Eric gled den inn og ut av munnen, og fikk ham til å stønne av glede.

" Hmmm , Anita. Sug meg, slikk meg slik, sa Eric. "Ja, ja. Sånn."

Det tok noen minutter før jenta fikk den siste kremen ut av kuken; suge, slikke og svelge så fort hun kunne.

Da han var ferdig, var Eric hardere enn han hadde vært før og var nær klimaks.

«Fan meg, Eric», utbrøt Anita høyt. "Jeg vil ha deg i meg. Vær så snill."

Da sjefen hennes reiste seg fra sofaen spredte Anita bena og hevet knærne.

Da han hadde kuken ved inngangen til fitten hennes, var hånden hennes i en klar posisjon til å lede ham inn i henne.

Selv ble hun overrasket over hvor klar hun var for ham.

Så snart hodet på den hovne penis fant åpningen, klarte Eric å senke seg til lårene deres møttes i et forsiktig slag.

"Gud ja. "Fan meg," sa Anita.

Eric var rask til å etterkomme kravene hennes.

Han løftet henne i rumpa og begynte å skyve hanen inn og ut, og kjente at hun trekker seg sammen skjeden med jevne mellomrom.

Anita løftet bena og viklet dem forsiktig rundt midjen til Eric, slik at han kunne løfte henne enda høyere.

Anitas bryster svaiet rytmisk.

Han klemte brystvortene hennes av og til, og sendte det som føltes som elektriske strømmer direkte til fitta hennes.

I mellomtiden reposisjonerte Eric seg slik at en fri hånd kunne massere kliten hennes.

Han fant lett den hovne kulen og gned den.

Jentas hode begynte å svaie fra side til side og mumlet:

"Fan. Shit. Ja der. Der!"

Eric gned ham hardere og kjente at kroppen hans ble spent.

Bena hennes klemte ham hardt og hun skrek: «Ahhhh. Å gud. Nå."

Orgasmen hennes begynte med nok et dempet stønn og hoftene hennes rykket opp for å møte hans nedadgående støt.

I minst tretti sekunder gikk Eric inn i henne igjen og igjen, mens hun stønnet og skrek at han skulle knulle henne.

Eric ville at følelsen av hennes stramme fitte rundt kuken og kroppen som vred seg under ham skulle vare evig.

Han holdt fast i rumpa hennes mens hun sakte begynte å sette seg ned på sofaen.

Nå i stand til å fokusere på sin egen kropp, kjente Eric den første bølgen av cum stige fra ballene hans.

Anita kjente den nærme seg orgasmen i ham og oppfordret ham til å fortsette.

"Det er det. Kom igjen, cum i fitta min."

Erics kuk eksploderte i en flom av sperm som Anita følte fylte innsiden hennes.

Den varme væsken skjøt ut i flere sprut, hver akkompagnert av et høyt stønn.

Eric tok tak i Anita nederst på skuldrene hennes og presset kroppen hennes mot hans.

Da han skulle avslutte og sto stille med kuken langt inne i henne, klemte Anita fitta hennes hardt.

"Ahhh, faen. "Stopp," mumlet Eric, nesten andpusten og halvt leende.

Han ristet seg en siste gang og falt av henne, slapp og totalt utmattet.

Han lå i armene hennes, hodet på brystet hennes og bena hennes fortsatt surret rundt livet hans.

"Alt du trenger å gjøre er å be om det når du vil," sa Eric lavt, og fingeren hans sporet omrisset av brystvorten hennes.

"Jeg var bare sulten i dag," sa hun.

UVENTET SITUASJON

KAPITTEL I

«Jeg venter på deg i rommet, ha på deg noe avslørende,» hadde John fortalt henne.

De behandlet ham som takeaway, tenkte Gina da hun avsluttet samtalen.

Og det var slik hun følte det nå, da hun sminket seg i sminkespeilet: skyggefulle øyne , hjerteformede røde lepper og akkurat nok sminke i ansiktet til å ikke få henne til å se ut som en figur fra et voksmuseum.

Noe annet du vil ha i bestillingen din, kjære?

Fornøyd med arbeidet sitt gikk hun barbeint over soveromsteppet, kun iført bh og truser, og åpnet skapet.

Fra en hylle over der klærne hans var, tok han frem en liten eske med penger og tok den med til sengen.

Da hun åpnet den, falt mange ti- og tjueåringer ned på silkearkene.

Gina telte fire av tjue og la resten inne i boksen.

Hun la esken tilbake i skapet, la pengene i veska og begynte å kle på seg.

John bodde på andre siden av byen i et luksuriøst rekkehus med fem soverom nær kanalen.

Det ville ta ti minutter å kjøre dit, avhengig av ettermiddagstrafikken.

Han var en relativt ny klient av henne som hun hadde betjent seks ganger så langt.

Hun hatet ham.

Han var arrogant, frekk og fullstendig pervers.

Han var av italiensk avstamning: oliven hudfarge, en stor nese og tykt svart hår over hele ham.

John elsket å spise og Gina syntes han så ut som en krysning mellom en gangster fra 1940-tallet og en gris.

Han hadde skrytt av båndene han hadde til den kriminelle underverdenen, men Gina var ikke sikker på hvor mye av det han sa var sant.

Hun trodde han bare prøvde å imponere henne.

Hun kunne ikke forstå hvorfor menn syntes dette var attraktivt for jenter.

Gina hatet vold og ville slå av en film ved første tegn på blod eller vold.

Men John var definitivt i en slags skumle virksomhet.

Hun hadde sett våpen i huset hans.

Han hadde hørt opphetede telefonsamtaler under deres seksuelle forhold som John nektet å ignorere.

Snakker om penger og narkotika.

Hun fant menn som John hatefulle: grådige, egoistiske, uærlige og korrupte.

Men hun trengte pengene for mye.

Ginas liv var fullt av gjeld.

Et humanistisk universitetskurs, mini-Fiat, som hun kjørte til sekretærjobben hver dag, shopping for klær, ferier på Ibiza og et lån hun hadde tatt opp for å møblere leiligheten sin.

Hun svømte i gjeld, men låneselskapene hadde aldri nektet henne noe.

Og det var derfor hun hadde jobbet som privat eskorte det siste året.

Privat var stikkordet.

Hun hadde ingen nettannonsering, for redd for at familien eller vennene hennes skulle oppdage den elendige hemmeligheten hennes.

Hvis ikke, var hun avhengig av jungeltelegrafen og hennes faste kunder, gutter som John.

Den første mannen som betalte henne for å ha sex med henne, het Peter.

Hun møtte ham på en datingside etter bruddet med Adams, men visste umiddelbart at han ikke var noe for henne.

Det var ikke det faktum at han var i førtiårene og femten år eldre enn henne.

Det var faktisk grunnen til at hun hadde møtt ham i utgangspunktet, og tenkte at en eldre mann kunne gi henne det Adams, en tjuefireåring, ikke kunne.

Engasjement, trygghet, nye seksuelle opplevelser kanskje.

Hun følte rett og slett ingen tilknytning til Peter, og hun visste det innen en time etter deres første date, middag for to på en indisk restaurant i den fineste delen av byen.

Hun sa farvel og takket ham for et deilig måltid, og tenkte at det ville være siste gang hun ville se ham.

Men Peter var mer interessert i henne enn han først hadde trodd.

Han kontaktet henne to dager senere med et tilbud om å betale henne for sex.

Gina ble først overrasket, til og med fornærmet.

Med sin dype brunfarge, fargede blonde hår og forkjærlighet for avslørende klær, visste hun at hun gjorde et visst attraktivt inntrykk.

Men det ville ikke gjøre henne til en ludder, eller noen som ville spre bena ved første tegn på økonomiske problemer.

Hun hadde absolutt møtt jenter som ville.

Men Peter så ut til å være en så hyggelig fyr, og jo mer Gina tenkte på gjelden hennes, begynte hun å lure på hva skaden var ved å akseptere tilbudet. Det vil være en gjensidig fordel.

Peter ville eie henne og hun ville få pengene hun sårt trengte.

Hvis ingen ender opp med skade, hva var egentlig problemet?

Gina var imidlertid naiv.

Hun forutså aldri hvor avhengighetsskapende betalt sex kunne være, og heller ikke hvor elendig og billig det ville få henne til å føle seg.

For å gjøre vondt verre var ikke Peter den gentlemannen hun først trodde han var.

Snart spredte det seg rykte om at hun var god på sine tjenester, og dette kan bare ha vært fordi han spredte det direkte.

Tilbud av alle slag, gjennom datingsiden der hun hadde møtt Peter, fylte postkassen hennes.

Jeg kunne ikke tro hvor mange eldre menn det var som oppsøkte yngre kvinner for sex, og hvor mange som var villige til å betale for det.

Det hadde vært veldig lukrativt for henne og hun lærte fort at hun kunne tjene mer penger hvis hun var villig til å flytte grensene sine litt lenger.

Menn betalte mer for ting som anal, dominans, gyldne dusjer og ulike typer rollespill.

Gina hadde investert i skolejenteuniformer, sexy undertøy og pisker. Hun hadde spist alt de foreslo, og puttet alle slags gjenstander inni seg, og hadde til og med latet som om hun skulle amme en femti år gammel mann kledd i bleie.

Selvfølgelig hadde John, med pengene sine, hatt glede av alle fasiliteter som var tilgjengelig.

Fra førsteklasses prostituerte til pornostjerner og til og med side tre-modeller.

Det var en besettelse som grenset til avhengighet.

Det virket som om alle de unge og vakre jentene var villige til å selge eiendelene sine mens de fortsatt var ønskelige.

Det var tragisk.

Så det var ingen overraskelse at etter å ha funnet ut av en venn, kontaktet John Gina.

Og i kveld skulle være deres femte gang sammen.

Gina så på klokken og rettet på klærne i gangens speil. «Det hele er over om et år, jente,» minnet hun seg selv.

'Du kan gjøre det.'

Så tok han tak i nøklene og gikk ut døren.

KAPITTEL II

Ti minutter senere stoppet han på Midesting Road.

Klokken var like over halv ti og et bassengfest på et av de andre husene var i full gang.

Han kjørte gjennom smijernsportene til Johns hus og parkerte Fiaten i oppkjørselen.

Månen skinte på taket til Johns sølv-Mercedes da hun hørte lyden av hælene hennes knasende over grusen og gikk til siden av huset.

John hadde bedt ham om å gå inn gjennom bakinngangen.

I kveld skal de spille rollespill.

Han kommer til å ligge i sengen og hun kommer til å gå inn, som en tyv, og overraske ham.

John elsket å blande ting.

Hun hadde aldri møtt en mann så seksuelt fantasifull.

Han stoppet halvveis opp på siden av huset og så opp og ned i smuget.

Hun var sikker på at ingen ville se henne der, men hun ville forsikre seg i tilfelle.

Hun dro ned trusen, skled dem over hælene, og rettet så på skjørtet.

Hun la trusa i vesken.

Røde blonder, Johns favoritt.

Så vaklet hun på hælene nedover stien og åpnet døren til bakhagen.

En metallsøppelbøtte klirret da hun ved et uhell sparket den med spissen av den skarpe hælen.

'Dum!' Hun formanet seg selv.

Kjøkkenlyset var på og terrassedøren som førte til den stod på gløtt.

John må ha latt den stå åpen for henne.

Gina dyttet håret bakover, fortsatte sin sensuelle tur og gikk inn i huset.

Det luktet brent da han kom inn på kjøkkenet og lukket døren.

Det var nok en av sigarene John likte å røyke.

Han var en røykende gangster .

Huset var stille.

John må vente på henne i sengen som han hadde fortalt henne.

Gina gikk gjennom den omtenksomt møblerte spisestuen, alle moderne og tremøbler i en dyp rød fargetone, og ut i gangen.

Hun så opp spiraltrappen.

"John," sa han hånende. "Er du klar eller ikke?"

Hælene hennes klikket på de blankpolerte trinnene da hun klatret opp trappene.

Da hun snudde seg inn i gangen, så hun at soveromsdøren til John var åpen.

Lyset var på, men det lagde fortsatt ingen lyd.

Så hørte han et knekk.

"John?"

Den tjukke jævelen satt sannsynligvis på tronen sin på badet.

Gina glattet håret, senket halsen og gikk inn i rommet.

Alt så ut til å stoppe i det øyeblikket.

Hele kroppen til Gina frøs.

John lå på sengen, helt naken og stirret i taket, med en blodpøl som dynket i lakenet rundt seg og halsen skåret over.

Gina slapp ut et skrik.

En mørk skikkelse kom ut bak døren og tok tak i henne, la en arm rundt halsen hennes og la hånden over munnen hennes .

«Ikke lag støy, ellers vil jeg kutte av deg også,» sa han.

Gina kjente den kalde, skarpe tuppen av en kniv på nakken.

'Hvem er du?' stønnet hun.

"Noen du ikke vil knulle"

Mannen klemte nakken hennes hardere med sin muskuløse underarm.

'Hva gjør du her?'

"Jeg kom for å se John."

'Så det?'

"Han ba meg gjøre det."

'Fordi?' krevde mannen.

"Bare for å se det."

Han knuste luftrøret til Gina med armen og fikk henne til å kvele.

'Fordi?' rope.

«For å ha sex,» klarte Gina å stamme.

Hun begynte å hoste da mannen lette på trykket rundt halsen hennes.

«Er du en prostituert?' han sa.

'Nei!'

'Hva så?'

'En følgesvenn'.

"Det er det samme," sa mannen.

Gina sa ingenting, for redd for at mannen skulle knekke nakken hennes eller stikke henne hvis hun krysset ham.

"Det ser ut som vi har et problem," sa han.

Han snudde seg mot Johns livløse kropp og holdt Gina godt holdt mellom armen og brystet.

Gina følte at hun kom til å bli syk av å se så mye blod.

"Nå er du vitne til et drap."

«Vær så snill,» tryglet Gina.

«Jeg vil ikke fortelle det til noen. Bare la meg gå.'

KAPITTEL III

En skummel latter dukket opp fra mannen.

"Du skjønner sikkert at det ikke blir så lett som det."

Frykten skjøt gjennom kroppen til Gina.

Han kjente at varm urin begynte å dryppe ned på innsiden av bena hans.

Hun ville ikke dø i kveld.

Mannen tok tak i armen hennes med sin skinnhanskehånd og førte henne til badet.

Han lukket døren bak dem og snudde seg for å se på henne.

Gina rygget inn i et hjørne da hun så ansiktet hans.

Hun hadde ikke forventet at det skulle være et av de vakreste ansiktene hun noen gang hadde sett, men det var det dype arret som renner nedover siden av kinnet hans som overrasket henne mest.

Og kroppen hans så ut til å drepe, med skuldrene til en boksemester og som kunne knekke en nakke i to.

Han var et monster.

Han så henne opp og ned med harde blå øyne.

"Hvem vet at du er her?"

'Ingen! Kan du la meg gå og rømme. Jeg forsikrer deg om at jeg ikke vil si det til politiet.

Han nærmet seg henne i et sakte, rov skritt.

«Det er for sent for det. Du har allerede sett ansiktet mitt.

«Jeg lover at jeg ikke skal fortelle det. Vær så snill, jeg bryr meg ikke om deg eller John, jeg vil bare hjem. Jeg vil ikke dø.» Gina brast ut i gråt.

Mannen la en hanskebelagt hånd på hennes bare skulder og nærmet seg ansiktet hennes truende.

Gina kjente den varme luften fra nesen stramme mot kinnene.

«Der, der, der,» purret han. "Hvorfor ødelegge dette vakre ansiktet?"

Hun kjørte en lang finger langs Ginas tårestripte kinn.

Hele kroppen til Gina ble til is da hun kjente berøringen hans.

Det var noe ekstremt motstridende med tiltrekningen hun følte for denne mannens kropp og frykten hun følte ved å bli festet mot veggen av noen hun kjente lett kunne drepe henne.

Han lente seg nærmere og la den grove tungen sin over ansiktet hennes, slik at hun kjente en skjelving løpe over huden hennes.

Hun forventet ikke hva som ville komme videre.

Mannens hanskede hånd gled under skjørtet hennes, mens de lange fingrene hans studerte de blottede leppene hennes.

«Slem jente,» sa han ved sin uventede oppdagelse.

'Vær så snill...å'

Mannen hadde tatt av seg hansken og en lang, kjøttfull finger var nå inne i henne.

Hun fant Ginas klitoris jevnt og masserte den, og skapte en varme som begynte å spre seg inni henne.

Hun strøk tungen langs de faste konturene av Ginas hals samtidig.

Gina snudde seg og så refleksjonen hennes i speilet over vasken.

Og han så også dette høye, merkelige dyret synke ned i nakken hans som en vampyr, knivbladet i den ledige hånden blinke i halogenlyset som en advarsel.

Hun turte ikke bevege seg av frykt for at han skulle bruke den skarpe spissen mot henne.

Mannen trakk seg unna og kjørte blikket over kroppen hennes.

Det var en dyp opphisselse i dem som om han kunne se hennes nakne kropp gjennom klærne hennes.

Han gled vesken hennes av skulderen hennes og slapp den på gulvet, mens en tube med leppestift og et par røde truser rant på flisene.

Han tok tak i det ene brystet hennes gjennom den hudtette vesten hennes og klemte den forsiktig, og førte deretter fingeren over brystvorten hennes da den stod på oppmerksomhet.

Hun var sparklet i hendene hans.

"Hva skal du med meg?" hun spurte.

"Siden vi er alene og vi har stedet klart for oss, skal jeg gi deg det den fyren der borte aldri vil ha gitt deg."

Herregud, tenkte Gina. Ikke det.

Mannen kjente frykten hennes og smilte.

«Ikke bekymre deg. Når du opplever meg i fitta din, vil du være glad for at den andre er død.

Mannen hadde rett i at de var alene.

Uten naboer i nærheten ville ethvert rop om hjelp vært resultatløst.

Hvis...hvis hun var enig, gjorde som mannen sa, kunne hun forlate huset i live.

Med alle de andre oddsene stablet mot henne, hvilket valg hadde hun annet enn å utføre sitt livs beste rollespill?

Så han tok en avgjørelse.

Hun skulle gi sitt livs beste prestasjon.

Og hvis han mislyktes, hadde hun en reserveplan.

«Ta av det», knurret mannen og rettet hodet mot vesten.

Gina gjorde som han sa.

Da vesten gled over hodet hennes, ristet hun på håret og stirret på kroppen hans.

« Jeg vil at du også skal være naken,» sa han.

Mannen la ut en hånende latter.

«Du kommer ikke til å fortelle meg hva jeg skal gjøre. Og jeg er ikke så dum som du ser ut til å tro. Trekk den ned. Han nikket mot skjørtet til Gina.

Hun knepte opp skjørtet og lot det falle nedover bena hennes, og sparket det så mot ham med hælen.

Hun var der før ham i hæler og BH, med barberte kjønnslepper utsatt for den kjølige luften på badet.

Hun løftet de blå øynene med mascara til fangefangerens gjennomtrengende blikk.

« Så søtt og vakkert,» sa han og sugde luft inn gjennom neseborene. 'Snu.'

Gina snudde seg og så på den flislagte veggen.

Gjennom refleksjonen av speilet så hun på at mannen lente seg over og kjærtegnet skrittet hennes mens hun studerte baksiden hennes.

Den store bulen hun så stikke ut i buksene hans ga henne beskjed om at han var godt utstyrt.

Han fikk henne til å lene seg fremover, tok tak i hoftene hennes og førte skrittet mot henne.

Den harde, fete bulen ble nå presset inn i rumpekløften hennes.

Hans bare hånd berørte rumpa hennes og dyttet henne fremover, kniven holdt fortsatt fast i den andre.

Gina så på mens han la den på benken ved siden av vasken og begynte å kneppe opp buksene.

Hun så på kniven og kjempet mot trangen til å gripe den.

Men hun visste at hun ikke kunne være så dum; Med sin størrelse ville mannen overmanne sin lille fem fots ramme på sekunder. Likevel var det fristende...veldig fristende.

De svarte buksene hans falt til gulvet og avslørte et par svarte boksere over enorme, muskuløse lår.

Ereksjonen hans steg mot falden, hoven og enorm.

Gina svelget gisp som nesten slapp ut av munnen hennes.

Hvordan kunne jeg få plass til alt det?

Den store hanen anstrengte seg mot det stramme stoffet til bokserne, ivrig etter å komme seg ut.

Da mannen dro dem ned, falt det store lilla hodet ned på kinnene til Gina.

Det tykke og svært årede elementet var minst ni tommer langt.

Morderen var en seksuell Adonis.

Han tok tak i hoften hennes med hånden hans med fortsatt hanske og tok hanen hans i den andre, ledet den mot Ginas fittelepper.

Da hun kjente den varme, myke kuken mellom leppene, gispet Gina.

Og da han la den inn, bøyde knærne seg nesten.

Penisen kom inn på en dristig dybde, dunkende av spenning i den varme, våte skjeden hennes.

Han traff et område inne i Gina som aldri hadde blitt penetrert før, og den forræderske klitorisen hennes begynte å pumpe av spenning, fuktighet bygget seg opp på leppene og veggene hennes for å imøtekomme denne spennende nye ankomsten.

Mannen begynte å skyve, de sterke hoftene hans var i stand til å tvinge hardheten til Ginas indre vegger i en ekstraordinær hastighet.

Det føltes utrolig.

Hun tok tak i kanten av vaskebenken mens han fortsatte å trenge gjennom hennes våte fittelepper, ballene hans slo mot henne.

Han tok av den andre hansken og løp med de store, overraskende myke hendene nedover ryggraden hennes og åpnet BH-en hennes.

Den falt ned på flisgulvet og slapp brystene hennes.

Nå hadde hun bare hælene på seg da det enorme beistet traff henne bakfra.

Gina kjente at han trakk seg tilbake, fitta hennes fikk et øyeblikks utbrudd av lettelse.

Men det tok ikke lang tid før penisen hans var inne i henne igjen, men denne gangen mot rumpa hennes.

Drapsmannens enorme kuk penetrerte de tette foldene i Ginas anus, og sendte en skarp smerte gjennom henne.

Et øyeblikk trodde han at han ikke ville være i stand til å bære smerten, musklene hans klemte seg sammen for å drive ut dette fremmedlegemet, men så slappet de av da smerten begynte å bli til nytelse.

Gina hadde fått analsex før, men ikke fra en fallus så stor som denne.

Gleden som fylte henne nå var ulik noe hun noen gang hadde følt før.

Hun måtte minne seg selv på hvor hun var.

At John ble knullet av en mann som nettopp hadde drept ham.

Johns døde, og allerede noe kalde, lik lå noen få meter unna i det andre rommet som et fryktelig bilde av hans tidligere jeg.

Gina visste at hun aldri ville klare å slette det bildet fra hukommelsen, uansett hvor mye hun hadde foraktet ham.

Og det ville slette hatet hun følte mot ham hvis han med det kunne komme tilbake i live og hjelpe henne nå.

Men det er noe rart med det som skjer når du står overfor en drapstrussel, og Gina opplevde det for første gang på dette badet hvor hun nå ble holdt fanget.

Et instinkt tar kontroll, så primært at det ikke lenger føles som et dyrisk instinkt.

Og du vet at du vil gjøre alt for å overleve.

KAPITTEL IV

Mannen banket rumpa hennes med rasende støt, spytt rant ut av munnen hans, det kjekke ansiktet hans rødmet og ble opphisset.

De lave, gutturale lydene han laget advarte Gina om at han var i ferd med å komme.

Hun tok godt tak i kanten av disken.

Fingertuppene hans ble hvite mens han holdt seg fast.

«Fan,» stønnet mannen.

"Jeg kommer til å cum."

Og han gjorde det, og et tungt sukk forlot munnen hans, han lukket øynene og bøyde hodet bakover...

Og Gina tok sjansen.

Han slapp disken og grep kniven.

Med et blindt, kraftig sveip av armen stupte han den inn i nakken til overgriperen.

Hun hoppet og presset ryggen mot veggen, flisene kalde mot den svettevåte ryggen.

Gina med store øyne av frykt og bekymring så at mannen sto i en statisk stilling og kvalt mens de store øynene hans så på henne.

Kniven stakk ut av den tykke, blanke halsen hans, og mørkerødt blod sivet nedover kragen på den svarte frakken hans.

Hanen hans var fortsatt oppreist, med et skinnende spor av cum hengende fra spissen.

De fortumlede øynene hennes forble låst på Ginas mens munnen hennes åpnet seg og blod rant over underleppen hennes.

Han klarte å gurgle ut ordet 'tispe' før han kollapset bakover og krasjet inn døren.

Gina så på ham et øyeblikk, brystet hennes hevet og falt, før hun la ut en gal latter. Planen hans hadde fungert.

Første gang. Hun hadde sett ham lukke øynene i speilet mens han fikk ejakulasjon, så hun koste seg over det faktum at hun hadde gjort angrepet mye lettere.

Hun tok tak i klærne og kledde seg raskt, denne gangen tok hun på seg trusa igjen.

Hun tok tak i vesken og sparket angriperen med den skarpe hælspissen. Så spyttet hun i ansiktet hans.

"Det er for å kalle meg en hore, din jævel!"

Han dyttet kroppen bakover slik at han kunne åpne døren.

Baksiden av skallen hans traff teppet med et dunk da han åpnet døren.

Hun tippet over den blodvåte kroppen og gikk inn på soverommet.

Hun så på Johns kropp på sengen.

Blod på gulvet.

Blod i sengen.

Døden overalt hvor han så.

Det ble for mye.

Gina løp ut av rommet og ned spiraltrappen så fort som hælene hennes kunne bære henne, røde trekanter flekket gulvet i kjølvannet hennes.

Ved foten av trappen stoppet hun, tørket tårene og kontrollerte tankene.

Denne livsstilen hadde ødelagt alt for henne.

Det hadde gjort henne elendig og kynisk mot menn.

Han hadde omorganisert moralen.

Og den tjukke døde jævelen var en av de verste med sine korrupte måter og slemme fantasier.

Han var en modell i samfunnet, men han spredte og infiserte alt han rørte ved med sine korrupte måter.

Inkludert henne.

Hun hadde gjort ham til noe hun ikke var.

Og nå hadde han gjort henne til en morder.

Hun hadde drept i selvforsvar og skiten som lå i en pøl av hennes eget blod fortjente alt som hadde skjedd med henne.

Men hun visste at hun aldri ville glemme.

Hvordan han hadde mishandlet henne som om hun ikke var mer enn en skitten hore, og hvordan kroppen hennes hadde forrådt henne ved å reagere med glede på berøringen av hans skitne, morderiske hender.

Hvor mange andre unge jenters liv må disse to ha ødelagt?

Og hvor mye led disse jentene fortsatt?

Jeg kommer ikke til å lide mer, tenkte Gina.

Han løp opp trappene og gikk inn på soverommet.

Synet av de to døde kroppene gjorde at hun fikk lyst til å kaste opp, men hun svelget kvalmen med en albue og gikk bort til sengen.

Johns ansikt var en skrekkmaske, munnen hans svart og åpen som en fisk, øynene frosset av redsel.

Gina så bort og kjente etter gullarmbåndet rundt det lubne håndleddet.

Det var en tynn rektangulær medaljon som festet kjedet.

Hun åpnet den og leste nummeret inni: 47689.

Hun gjentok tallet i hodet som et mantra, lukket medaljongen og strakte seg inn i vesken.

Han tok frem en serviett og tørket fingeravtrykkene av medaljonen.

Han ga John et siste foraktende blikk før han snudde seg og løp ned trappene.

Han løp ned gangen til han kom til Johns arbeidsrom og åpnet døren.

Han skannet rommet til øynene hans landet på det han var kommet for.

John er trygg.

Han hadde skrytt av innholdet på et av Ginas besøk, og hun hadde krevd å få vite hva som var inni.

«Vakre juveler», hadde han sagt med et arrogant smil.

"Det er verdt mer enn hele dette huset."

Så banket han kjedet på håndleddet og la fingeren mot leppene. "Sshh."

Gina gikk bort til safen på veggen og slo inn kombinasjonen.

Safen klikket som indikerte at den kunne åpnes.

Hun åpnet ståldøren og så inn.

På en haug med brune konvolutter lå et fløyelsmykt rødt smykkeskrin.

Gina kjente en knute i magen.

Hun åpnet den for å finne det mest utrolige diamantkjedet hun noen gang hadde sett, dets vakkert utformede steiner glitrende med filmisk effekt.

"Det er verdt mer enn hele dette huset," hvisket hun til seg selv.

Nok til å betale ned all gjeld og litt til.

Med hjertet bankende inni brystet lukket hun lokket og la smykkeskrinet i vesken.

Så lukket hun safen og gned eventuelle fingeravtrykk på vevet.

Hun skyndte seg ut av arbeidsrommet og ned gangen mot inngangsdøren, og sjekket at hælene hennes ikke hadde etterlatt noen belastende avtrykk av henne på de skinnende plankene.

Ikke din.

Hun åpnet døren til huset.

Den myke, kjølige luften traff kinnene hennes da hun gikk inn i natten og byrden av tilstedeværelsen i huset lettet øyeblikkelig fra skuldrene hennes.

Fri til slutt løp hun nedover grusveien og hoppet inn i bilen sin og kastet bagasjen i passasjersetet.

Hun lot hodet falle tilbake på rattet og utløste et lavt, gutturalt skrik.

Utmattet og utmattet strakte hun seg ned i vesken og dro frem telefonen.

Hun ringte 911.

"Politi, vær så snill, jeg har nettopp drept en mann."

VILL MOTTAKELSE

63

Susan lå på sofaen og tenkte på partneren sin.

Hun elsket ham av hele sitt hjerte og drømmen hennes var at han skulle gjøre hva han ville med forspill.

Slikk og sug henne til hennes nivå av ekstase var verdt å dø for.

Så knull henne med sex som er sterkere enn skapelsen.

Det var en så kjedelig kveld.

Susan lå på sofaen i bh og rosa silketruse og så på en film.

Men Susan tenkte på kjæresten sin, hans vakre kropp, grønne øyne og mørkebrunt hår.

Susans tunge stakk forbi leppene hennes mens hun tenkte på ham, og lysten fylte sinnet og kroppen hennes.

Akkurat da hørte Susan døren åpne seg, han var endelig her.

Spent og våt spratt hun opp og løp mot døren.

Der sto han i jeansen og en hvit t-skjorte.

Han kom inn i rommet og la merke til Susans vakre hevende bryster da de nesten falt ut av BH-en hennes av begeistring.

Han tok tak i midjen hennes, trakk Susan mot seg og kysset henne dypt.

«Jeg er så jævla kåt,» hvisket Susan inn i den varme, våte munnen hennes. "Fan meg nå."

Han trengte ikke en ny invitasjon og dyttet Susan mot kjøkkenbordet.

Han tok av seg skjorten og slo av lysene, og gjorde rommet mørkere.

Susan lå på bordet, brystvortene hennes stakk nå gjennom den hvite BH-en og det dannet seg en våt flekk på den matchende trusen hennes.

Han nærmet seg henne med en bule i jeansen hans.

Han lener seg over Susan og kysser forsiktig magen hennes, slikker den over alt.

Susan gisper av glede og hendene hennes tar tak i hodet hans for å trekke ham nærmere.

Han fortsatte å slikke og kysse magen hennes, av og til beveget han seg ned til fitta hennes, fortsatt dekket av trusen hennes , for å blåse varm luft på henne.

Han tar tak i undertøyet hennes med tennene og trekker dem ned i en rask bevegelse.

Han kaster dem på bordet og snuser på pubene deres.

Susan begynner å stønne og puste tungt.

Han begraver ansiktet hans i den våte fitten hennes, og strekker seg opp for å fjerne BH-en hennes.

Susans muntre bryster velter over de myke hendene hans.

Hun slikket forsiktig på Susans spalte igjen før hun nærmet seg kjøleskapet.

Han åpnet den og tok frem en bolle med jordbær. Han tok to av dem, og la den ene på Susans mage og den andre mellom brystene hennes.

Han slikket jordbæret på navlen og spiste det etterpå.

Han fortsatte å slikke kroppen hennes fra bunn til topp og gikk til slutt videre til neste jordbær.

Han slikker Susans kløft og flytter jordbæret opp og ned mellom brystene hennes.

Susan stønner over den uvanlige følelsen.

Han fortsatte å flytte jordbæret lenger og lenger ned på Susans kropp, helt til han nådde fitta hennes mens han dyttet jordbæret med tungen.

Susan gispet og han kunne se fitta hennes trekke seg sammen rundt jordbæret dekket av saftene hennes.

Hun dyttet jordbæret dypere inn i fitta.

Han dekket det med munnen, sugde forsiktig til jordbæret var i munnen hans igjen; nå dekket av Susans fittejuice.

Han slurpet jordbæret, spiste det og beveget seg for å snu Susan på magen hennes.

Med rumpa i været kjærtegnet hun ham.

Han slo Susan forsiktig på rumpa, før han stupte ned til rumpa hennes og slikket den, og etterlot hickeys over hele rumpa hennes.

I nærheten lå en krukke med honning, og han stakk fingeren inn og spredte den på Susans lepper.

Deretter stakk han tungen dypt inne i henne og fikk Susan til å stønne.

Han slurpet tungen dypt inn i fitta hennes.

Susan stønnet høyt og sa:

"Fan meg nå."

Han tok av seg jeansen, kuken klar til å sprekke.

Nå naken, stikker hanen stor og sterk ut.

Han tok tak i Susan, kjørte hendene over hennes indre lår og plasserte hanen hans rett ved inngangen hennes.

Han gned hodet mot fuktigheten hennes; Forsiktig delte hun leppene sine og skled forsiktig på hodet på hanen hans.

Et stønn slapp Susans lepper da hun kjente spissen av medlemmen hans komme inn i henne.

Susan stønnet høyere mens han skled resten av den enorme, harde kuken inn i fitta hennes.

Da hele ham fylte henne, klemte hun veggene på fitten hennes, så det kom nå et stønn fra ham.

Han begynte å pumpe kuken inn og ut av Susans fitte, og kjørte lenger og lenger for hvert slag.

Han fortsatte å banke fitta hennes og fikk Susan til å stønne høyere og høyere.

Han tok tak i lårene hennes, dunket hardere enn noen gang, og gryntet mens han invaderte Susans kropp med sin massive kuk.

Susan ropte:

"Det føles så bra baby, knull meg hardere."

Han slengte kuken hardere inn i Susans fitte, og kjente at spermen bygges opp ved foten av kuken hans.

Ballene hans slår mot rumpa til Susan med bevegelsen hans.

Susan la ut et langt stønn og begynte å få en vill orgasme, fitta hennes klemte på hanen hans, så han begynte å få orgasme også.

Sperm spydde fra kuken, den første spurten kom inn i Susans fitte.

Men han trakk seg tilbake og lot resten drysse kroppen hans.

Akkurat da orgasmen hennes begynte å avta, stakk han fingrene inn i fitta hennes og pumpet dem raskt, og Susan fikk orgasme igjen.

Stønnende og beveget seg over hele bordet trakk Susan ham oppå seg og kysset ham dypt.

Svetten og sæden deres blandet seg over de to kroppene.

Etter at de begge hadde slappet av sa han:

– Det er hyggelig å bli mottatt slik.

SLUTT

69